THE SECRET THREE

Text by Mildred Myrick
Illustrations by Arnold Lobel

たんけんクラブ

シークレットスリー

ミルドレッド・マイリック／ぶん

アーノルド・ローベル／え

小宮 由／やく

大日本図書

うみべに　すむ　ビリーの　いえに、
マークが　とまりに　きました。
「ねえ、およぎに　いかない？」と　マークが　いうと、
「さっき　ごはんを　たべたから、
一《いち》じかんは　またなくちゃ。」
と、ビリーは　こたえました。
「そうだ、すなはまに　いこう。けさは
なみが　たかかったろ？　なんか　いいものが
うちあげられてるかもしれないぜ。」

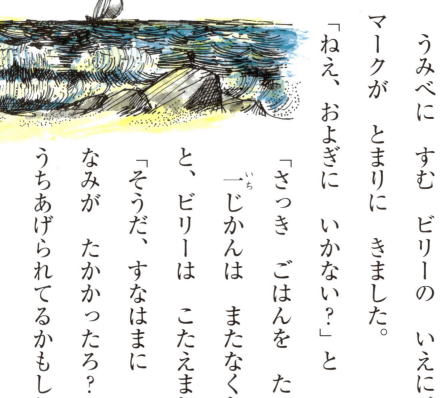

ビリーと
マークは、
いえを　出《で》て、
すなはまを
あるいて
いきました。
そして、
貝《かい》がらや
ひとでを
見《み》つけました。

そのとき、ビリーが、
かいそうに　まみれた
みどりいろのビンを　見《み》つけました。

「ただの　あきビンだね。」

と、マークが　いいました。

ビリーは、ビンを　手《て》に　とりました。

「おい、マーク。見《み》ろ！」

と、ビリーが　いいました。

「中《なか》に　かみが　入《はい》ってるぞ！」

ビリーは、ビンから
かみを　とりだしました。
「これ、てがみだ。
よめないけど。」
と、ビリーは　いいました。
マークも　見《み》てみましたが、
やっぱり　よめませんでした。
かみには、こんな　もじが
かいてありました。

ぼくは しまに
すんでいる。
この てがみを
ひろって よむことが
できた やつと、
たんけんクラブを
つくりたいと
おもっている。
トムより

二人《ふたり》は　かみを　もって、ビリーの　うちに
かえりました。
それから　かみを　さかさまに　してみたり、
右《みぎ》や　左《ひだり》に　まわしてみたり　しましたが、
やっぱり　よめませんでした。

ビリーが　テーブルに　かみを　おくと、
かわりに　マークが　手《て》に　とって
いいました。
「なんだろ？　もっと　ちがう
やりかたが　あるのかな？」
「いいや、ないね。」
と、ビリーは　いいました。

「まてよ、かがみだ！
かがみに　うつしてみろ！」
「あっ！　よめる！」
と、二人《ふたり》は　いいました。
かみには、こんな　ことが
かいてありました。

ぼくは しまに
すんでいる。
この てがみを
ひろって よむことが
できた やつと、
たんけんクラブを
つくりたいと
おもっている。
トムより

「たんけんクラブ！
いいな、やろうぜ！」
と、ビリーは　いいました。
「うん、ひみつの
あんごうを
おくりあったりしたいね！」
と、マークも　いいました。
「クラブには　名《な》まえが
いるな。」
と、ビリーが　いいました。

「シークレット《ひみつ》っていう　ことばは　入《い》れたいね。
ぼくたち　三人《さんにん》だけって　かんじの。」
と、マークは　いいました。
「シークレット・スリーだ！」
と、ビリーは　いいました。
「いいね！　トムも
きにいるかな？」
二人《ふたり》は、ビリーの
おとうさんに　てがみを

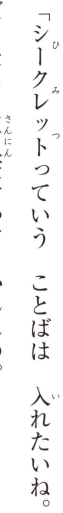

見《み》せに　いきました。
「なるほど。」
と、ビリーのおとうさんは
いいました。
「たしか、さいきん　きた
とうだいもりには、
むすこが　一人《ひとり》　いるって
きいたぞ。きっと　その子《こ》が
かいたんじゃないかな。」

「とうだいもりって、しまの
とうだいに　すんでる人《ひと》？」
と、マークは　ききました。
「そうだよ。ほら、
ここからも　見《み》える。」
と、ビリーは　いいました。
「とうだいの中《なか》って、
どうなってるのかなぁ。」
と、マークは　いいました。

「ねえ、とうさん。」
と、ビリーが　いいました。
「もし、ぼくたちも
てがみを　ビンに　入《い》れて
おくったら、トムは
うけとれるかな？」
「ためしてごらん。」
と、ビリーのおとうさんは
いいました。

「このビンは　みちしおに　のって　はこばれて
きたんだろう？　そしたら　つぎの　みちしおで
もどっていくかもしれないぞ。」
「つぎの　みちしおって、なんじ？」
と、マークは　ききました。
「おれ、わかる。」
と　ビリーは　いいました。
二人《ふたり》は　いえに　かえると、しんぶんを
ひらきました。

「ここに　しおみひょうが
のってる。しおの
みちひきは、すこしずつ
おそくなっていくんだ。
えっと、けさの
みちしおが　五《ご》じって
かいてあるから、つぎの
みちしおは、ゆうがたの
五《ご》じはんだ。」

二人《ふたり》は　それまでに　ひみつの
あんごうづくりに　とりかかりました。
二人《ふたり》は　まず、もじを　ぜんぶ
かきならべて、それに　ばんごうを
ふっていきました。

あ 1
い 2
う 3
え 4
お 5

か 6
き 7
く 8
け 9
こ 10

さ 11
し 12
す 13
せ 14
そ 15

た 16
ち 17
つ 18
て 19
と 20

な 21
に 22
ぬ 23
ね 24
の 25

は 26
ひ 27
ふ 28
へ 29
ほ 30

ま 31
み 32
む 33
め 34
も 35

や 36
ゆ 37
よ 38

ら 39
り 40
る 41
れ 42
ろ 43

わ 44
を 45
ん 46
ー 47

それから、こんな　てがみを　かきました。

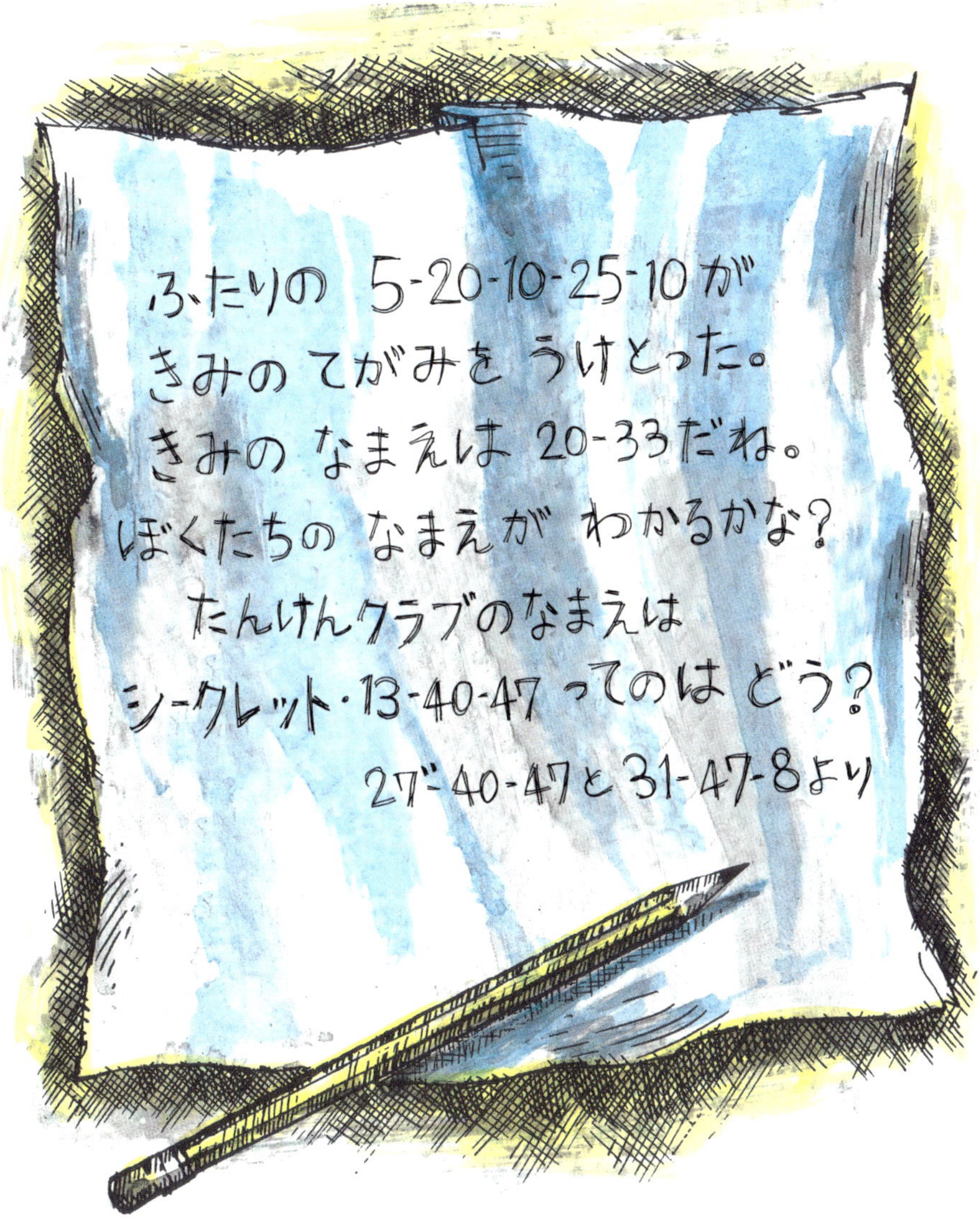

二人《ふたり》は、てがみを
ビンに　入《い》れると、
すなはまに　もどりました。
じかんは、ちょうど
五《ご》じはんで、しおが
みちて、これから
ひきはじめるところでした。
ビリーは、うみに
むかって、ビンを

ほうりなげました。
ビンが　見《み》えなくなると、
二人《ふたり》は　いえに
かえりました。
それから　また
しんぶんを　見《み》てみると、
あしたの　あさの
みちしおは、六《ろく》じと
かいてありました。

つぎのあさ　六《ろく》じに、
二人《ふたり》は　すなはまへ
出《で》かけました。
でも　ビンは
見《み》つかりませんでした。
「つぎの　みちしおの
あとだったら
見《み》つかるかもよ。」
と、マークは

いいました。
「たぶん　むこうに
ついたのが
よるだったから、
トムは　ビンを
見《み》つけられなかったんだ。
きっと　いまごろ、
見《み》つけたんじゃ
ないかな？」

ゆうごはんの　あと、二人《ふたり》は　もう一《いち》ど
すなはまへ　いってみました。
ずいぶん　さがしましたが、
ビンは　見《み》つかりませんでした。
さんばしで　ふねに　のった
りょうしさんに　あいました。
その人《ひと》は、カワセミさん　といいました。
「なにか　おさがしかい？」
と、カワセミさんが　いいました。

KINGFISHER

「みどりいろのビンを　さがしてるんです。」

と、ビリーは　こたえました。

「ほう、そうかい。見《み》つかると　いいなぁ。」

と、カワセミさんは　いいました。

ふたりは　さがしつづけました。

それでも　やっぱり　見《み》つかりませんでした。
ビリーは　貝《かい》がらを　ひろいはじめました。
そのとき　とつぜん、マークが
はしりだしました。
みどりいろのビンを　見《み》つけたのです！

「ビリー、あった！
きて！」
と、マークは
さけびました。
「ぼくたちの
ビン！
かみが
入《はい》ってる！」

「ほんとだ！
おれらのビンだ。
きっと
てがみの
へんじだぞ！」
と、ビリーも
さけびました。

二人《ふたり》は
ビンを　あけ、
かみを
とり出《だ》しました。
かみには、
こんな　もじが
かいて
ありました。

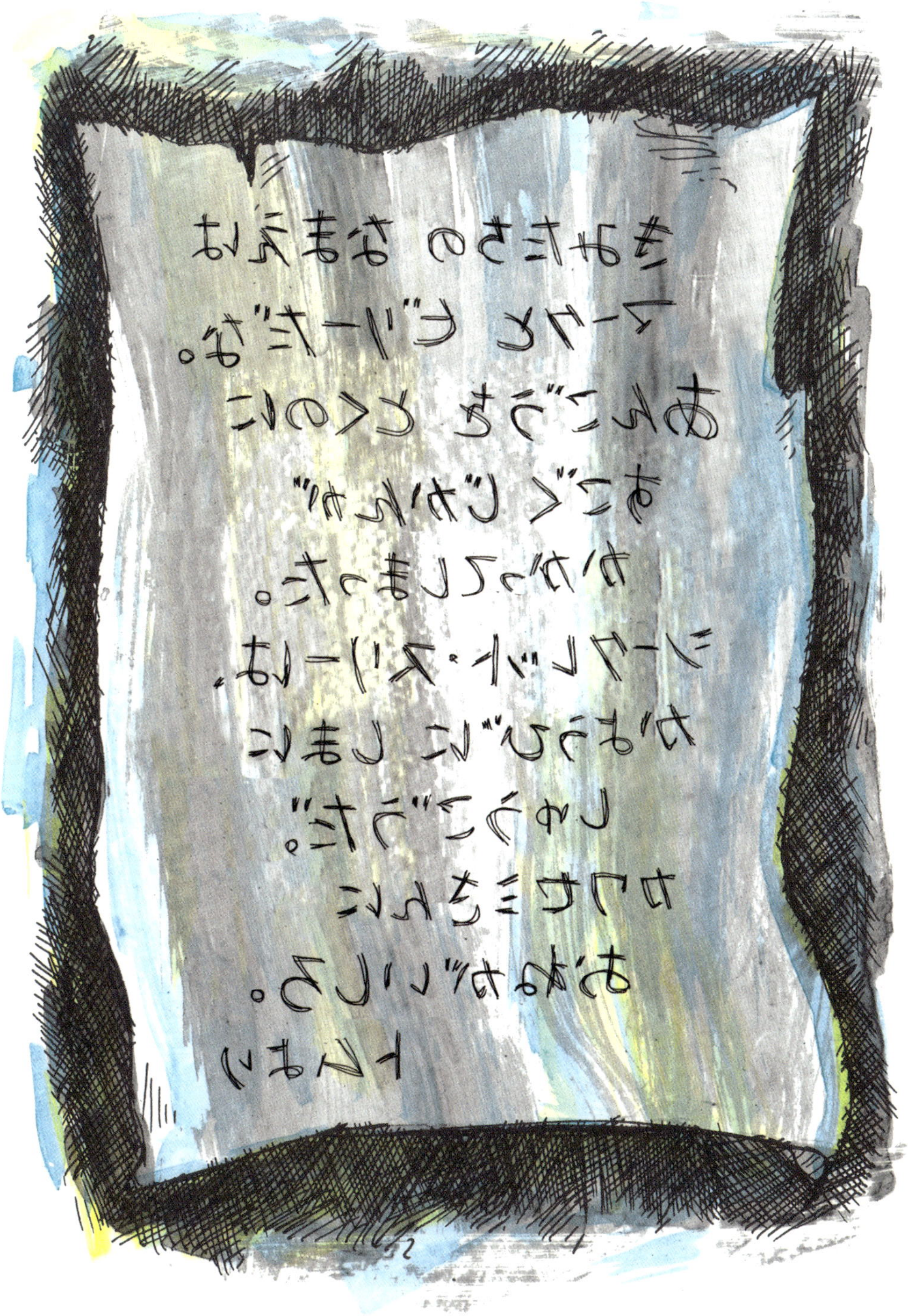

きみたちの なまえは
ユーリと ビリーだな。
あんごうを とくのに
すごく じかんが
かかってしまった。
シークレット・スリーは、
かようびに しまに
しゅうごうだ。
カワセミさんに
おねがいしろ。
トムより

ビリーは　ポケットから
かがみを　とり出《だ》して、
よみはじめました。

きみたちの なまえは
マークと ビリーだな。
あんごうを とくのに
すごくじかんが
かかってしまった。
シークレット・スリーは、
かようびに しまに
しゅうごうだ。
カワセミさんに
おねがいしろ。
トムより

「いこうぜ、しまに！
トムに　あうんだ！」
と、ビリーは
いいました。
「いこう！」
と、マークも
いいました。

「いまから　カワセミさんに　おねがいしようよ。」
二人《ふたり》は　カワセミさんのところに　もどると、
たんけんクラブのことを　はなし、
トムからの　てがみを　見《み》せました。
「こんどの　火《か》よう日《び》、ぼくたちを　とうだいの
しまへ　つれていって　くれませんか?」
ビリーは、カワセミさんに　たのみました。

「ああ、
おやすいごようだ。
だが、おとうさんが
いいと　いったらな。」
と、カワセミさんは
こたえました。
「でもさ、しまに
ついたとき、
どの子《こ》が

トムだって　わかる？」
と、マークが　いいました。
「そしたら　ひみつのサインと
ひみつの　あくしゅを　きめよう。
それを　ちゃんと　できた
やつが　トムって　わけさ。」
と、ビリーは　いいました。
そして　二人《ふたり》は、こんな
てがみを　かきました。

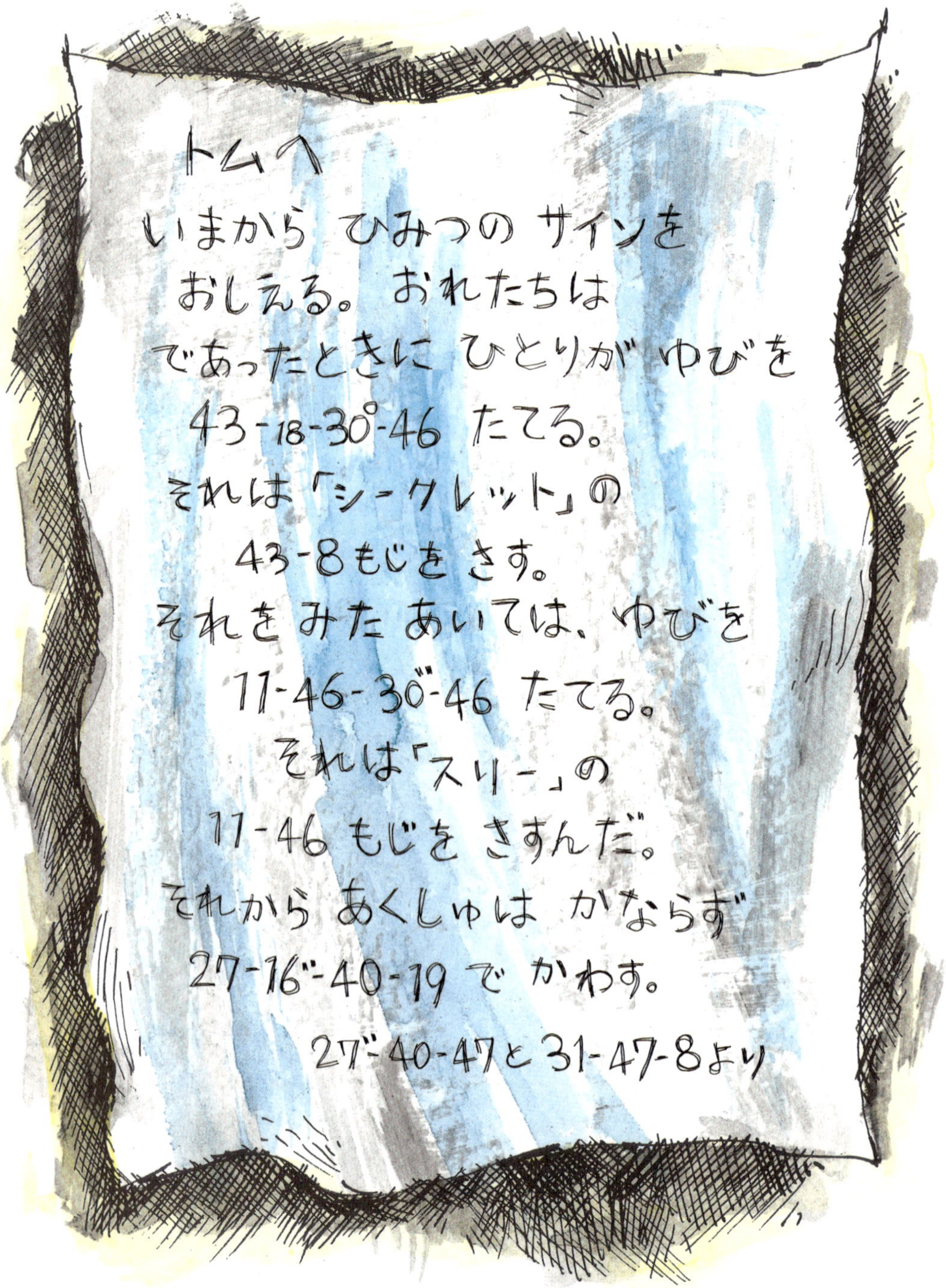
トムへ
いまから ひみつの サインを
おしえる。おれたちは
であったときに ひとりが ゆびを
43-18-30゜-46 たてる。
それは「シークレット」の
43-8もじを さす。
それを みた あいては、ゆびを
11-46-30゛-46 たてる。
それは「スリー」の
11-46 もじを さすんだ。
それから あくしゅは かならず
27-16゛-40-19で かわす。
27゛-40-47と31-47-8より

二人《ふたり》は、
その　かみを
ビンに　入《い》れ、
つぎの
みちしおの
ときに
ふたたび
うみへ
かえしました。

火《か》よう日《び》、
はとばで
カワセミさんに
あうと、さっそく
ふねに　のせて
もらいました。
二人《ふたり》は、ふねの
たびを　とても
たのしみました。

しまに　ちかづくと、
かいがんに　男《おとこ》の子《こ》が
たっていました。
「きっと　トムだ。」
と、ビリーは
いいました。
「でも、まずは
ひみつのサインで
たしかめよう。」

マークと　ビリーは、
ふねから　とびおりました。
それを　見《み》た
男《おとこ》の子《こ》は、　はしって
ちかづいてきました。
ビリーは　ゆびを
六本《ろっぽん》　たてて　見《み》せました。
すると　その　男《おとこ》の子《こ》は、
ゆびを　三本《さんぼん》　たてました。
もう、まちがいありません！

「おれ、トム。」

と、その　男《おとこ》の子《こ》は　いいました。

「あえて　うれしいよ！」

「おれが　ビリー。こっちが　マーク。」

と、ビリーは　いいました。

そして　三人《さんにん》は、左手《ひだりて》で　あくしゅを
かわしました。

これが　シークレット・スリーの
はじめての　であいでした。

「おれ、さいきん、ここに　ひっこしてきたんだ。」
と、トムが
いいました。
「おれら
シークレット・
スリーで、
しまを
たんけん
しようぜ。」

「きみの　おとうさんは、　とうだいの中《なか》を
たんけんさせてくれる？」
と、マークが　ききました。
「もちろん。じゃあ、
これから　いこう！」
と、トムは
こたえました。
トムのおとうさんは、
とうだいの中《なか》を

見《み》せてくれました。
そこには、ひかりで
ふねを　みちびく
大《おお》きな　ライトや、
音《おと》で　きけんを　しらせる
むてきなどが　ありました。

「とうだいって　おもしろいですね！
いろいろ　見《み》せてくれて　ありがとうございました。」
マークは、トムのおとうさんに　おれいを　いいました。

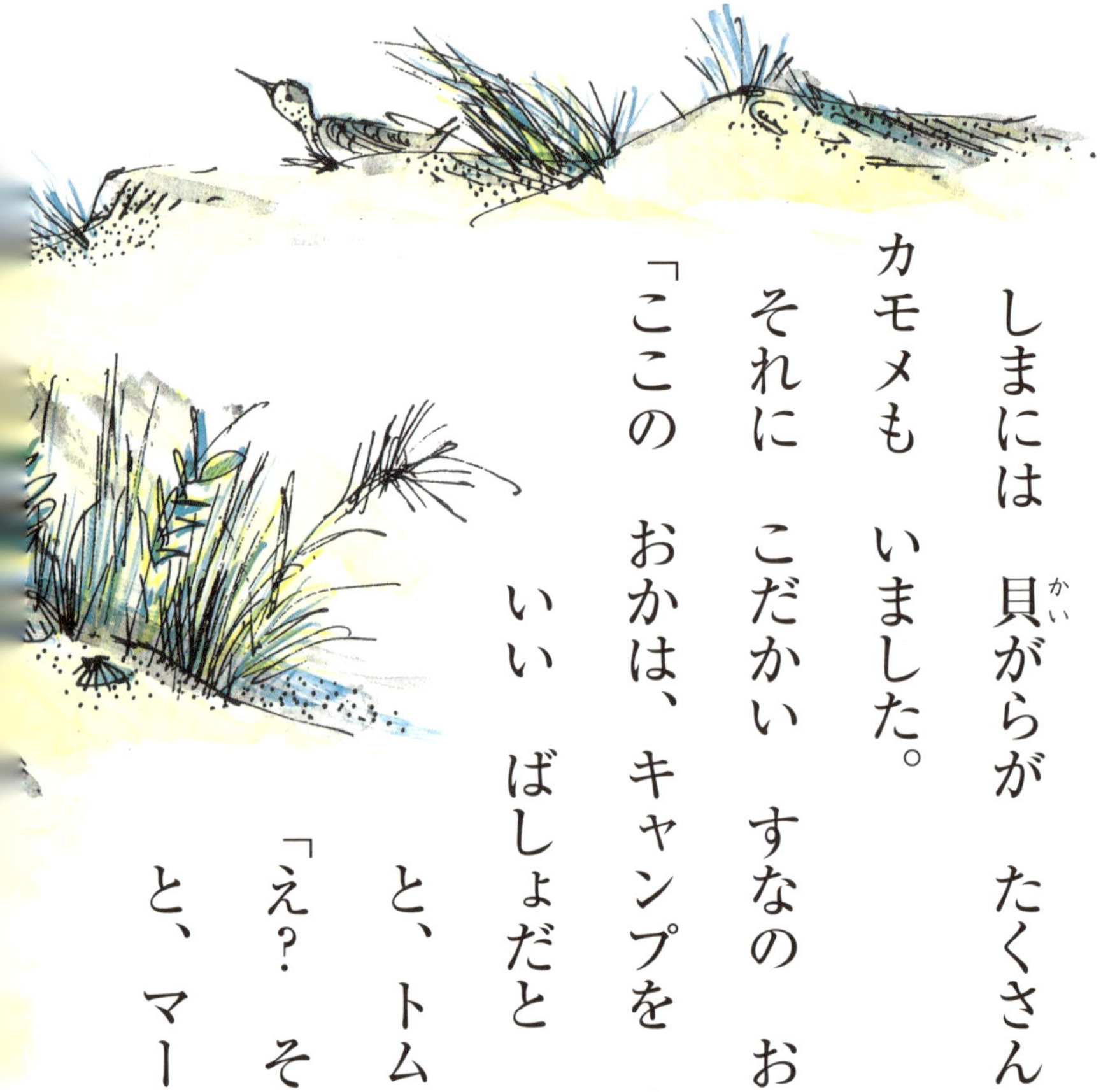

それから　三人《さんにん》は、しまを　あるきまわりました。
しまには　貝《かい》がらが　たくさん　おちていて、
カモメも　いました。
それに　こだかい　すなの　おかも　ありました。
「ここの　おかは、キャンプを　するのに
　いい　ばしょだと　おもわないか？」
と、トムは　いいました。
「え？　そんなこと　できるの？」
と、マークが　ききました。

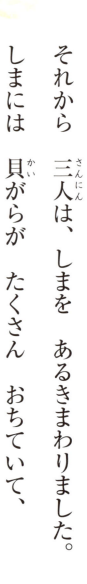

「ああ、なにか
たべるものが
あれば。
じゃあ　こんどの
火よう日《かびび》、ここで
キャンプしようぜ。
テントを　はって、
とまるんだ。」
と、トムは
いいました。

「いいね！　それで　あさに　なったら、
ここで　あさめしを　つくろう！」
と、ビリーは　いいました。
「たのしみだなぁ。もう　いまが
らいしゅうの　火《か》よう日《び》だったら　いいのに。」
と、マークが　いいました。
「ああ。もう　まい日《にち》が　火《か》よう日《び》だったら
いいのにな。」
と、トムも　いいました。

「よし。いまから　おれたちだけの　ひみつの
あいことばを　つくろうぜ。」
と、ビリーが　いいました。
三人《さんにん》は、あいことばは、”じま“にしようか、
それとも、”たんけんか“にしようかと
かんがえました。
「いや、それより、おれたち　ぜんいんの名《な》まえを
はんたいから　かいたら　どうだ？」
と、ビリーが　いいました。

クーマムトーリビ、
リビムトクーマ、
ムトーリビクーマ、
「うーん、どれも
いまいちだ。
じゃあ　名《な》まえ
ぜんぶじゃなくて、
ちょっとずつ　とって
つなげてみようぜ。」

と、トムが
いいました。
三人《さんにん》は、
それぞれの
名《な》まえの
さいしょだけを
とって、
くみあわせて
みました。

ビトマ…トビマ…マビト…ビマト…マトビ
「マトビ！」

三人《さんにん》が　いっせいに　さけびました。

「マトビが　いいよ。なんか　かっこいいし、ひみつの　あいことばに　ぴったりだ。」

と、トムが　いいました。

やがて、マークと　ビリーは、いえに　かえるじかんに　なりました。

三人《さんにん》は、左手《ひだりて》で　あくしゅを　かわし、ひみつのサインを　出《だ》しあいました。

「マトビ！」
と、トムが
いいました。
「マトビ！」
と、マークと
ビリーも
いいました。

つぎの火《か》よう日《び》、トムは、
さんばしで　ビリーと
マークを　まっていました。
三人《さんにん》は、さっそく
すなの　おかまで
あるいていきました。
「ここに　テントを
はらない？」と、
マークは　いいました。

テントを　はりおえると、
トムが　テントのまわりを
ほりはじめました。
「どうして　あななんか
ほってるの？」
と、マークは　ききました。
「こうして　おけば、
もし　雨《あめ》が　ふってきても　テントの中《なか》に　水《みず》が
入《はい》ってこないんだ。」と、トムは　いいました。

ばんごはんの　あと、
三人《さんにん》は　すなはまを
あるいてみました。
すると、ウミガメを
見《み》つけました。
「ウミガメは　よる、
すなはまに　あがってきて
たまごを　うむんだ。」
と、ビリーが　いいました。

「あったかい
すなが　たまごを
あたためるんだよ。」
「見《み》て、まんげつ！」
と、マークは
いいました。
「じゃあ　こんやの
なみは　いつもより
たかいぞ。」
と、トムは　いいました。

テントで　ねるのと、いえのベッドで　ねるのとでは、
きぶんが　まったく　ちがいます。

「みんな、入《はい》ったか？」

トムが　テントの入口《いりぐち》を　しめながら　いいました。

「ぼく、でっかい　まゆに　なったみたい。」

マークが　ねぶくろに　入《はい》ると　いいました。

「おれら　ぜんいん、でっかい　まゆだ。」

と、ビリーは　いいました。

「あさになったら、でっかい　ガに

なってるかもな。」
「マトビ！」
三人《さんにん》は　そう
いって、
ねむりに
つきました。

つぎのあさ、一《いち》ばん
さいしょに　目《め》を
さましたのは、
マークでした。
マークは、うみから
のぼる　あさひを
見《み》つめていると、とても
しあわせな　きもちに
なりました。

そこで、すなに　こんな　もじを　かきました。

たんけん8-39-28"って　おもしろい。
20-35-16"-17って　さいこう。
シークレット・スリーの　いちいんに
なれて、ぼく、うれしい。
マトビ！
31-47-8

すると、ビリーが　テントから
出《で》てきました。
ビリーは、マークの　かいた　もじを
よむと、そこに　27"-40-47と
かきたしました。
つぎに　トムが　テントから
出《で》てきました。
トムも　マークが　かいた　もじを
よむと、20-33と　かきたしました。

「たんけんクラブって
おもしろいな。」
と、トムは　いいました。
「シークレット・スリーは、
さいこうだ！」
「マトビ！」
と、ビリーと　マークは
こえを　あげました。

おしまい

ミルドレッド・マイリック

アメリカ、フロリダ州生まれ。フロリダ州立大学を卒業後、教師になる。その後、バージニア州立小学校の学校図書館司書となり、そこでの経験から物語を書きはじめる。1963年、本書で作家デビュー。その他の著書に、同じくローベルの挿絵で「Ants Are Fun」がある。

アーノルド・ローベル（1933-1987）

アメリカ、カリフォルニア州生まれ。ニューヨークのプラット・インスティテュートでイラストレーションを学ぶ。1971年『ふたりはともだち』（文化出版局）、1972年『よるのきらいなヒルディリド』（冨山房）でコルデコット・オナー賞を受賞、1973年『ふたりはいっしょ』（文化出版局）でニューベリー名誉賞、1981年『ローベルおじさんのどうぶつものがたり』でコルデコット賞を受賞。その他の作品に、『まるごとごくり！』（大日本図書）などがある。

小宮《こみや》 由《ゆう》（1974- ）

東京生まれ。大学卒業後、出版社勤務、留学を経て、子どもの本の翻訳に携わる。東京・阿佐ヶ谷で家庭文庫「このあの文庫」を主宰。祖父はトルストイ文学の翻訳家、北御門二郎。主な訳書に、「こころのほんばこ」シリーズ、「ぼくはめいたんてい」シリーズ（大日本図書）、「テディ・ロビンソン」シリーズ（岩波書店）など、他多数。

こころのほんばこ

子どもたちがワクワクしながら、主人公や登場人物と心を重ね、うれしいこと、悲しいこと、楽しいこと、苦しいことを我がことのように体験し、その体験を「こころのほんばこ」にたくさん蓄えてほしい。その積み重ねこそが、友だちの気持ちを想像したり、喜びをわかちあったり、つらいことがあってもそれを乗り越える力になる、そう信じています。――小宮由（訳者）

こころのほんばこシリーズ

たんけんクラブ シークレット・スリー

2017年3月15日　第1刷発行
2022年1月31日　第4刷発行

作者　ミルドレッド・マイリック
画家　アーノルド・ローベル
訳者　小宮 由
発行者　藤川 広
発行所　大日本図書株式会社
〒112-0012　東京都文京区大塚3-11-6
URL　https://www.dainippon-tosho.co.jp
電話：03-5940-8678（編集）
03-5940-8679（販売）
048-421-7812（受注センター）
振替：00190-2-219
デザイン　大竹美由紀
印刷　株式会社精興社
製本　株式会社若林製本工場

ISBN978-4-477-03072-2　72P　21.0cm × 14.8cm
NDC933

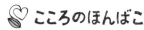